KB126492

나의 해적

김해선
2015년 『실천문학』을 통해 시인으로 등단했다.
시집 『중동 건설』 『나의 해적』을 썼다.

파란시선 0122 나의 해적

1판 1쇄 펴낸날 2023년 3월 1일
지은이 김해선
디자인 최선영
인쇄인 (주)두경 정지오
펴낸이 채상우
펴낸곳 (주)함께하는출판그룹파란
등록번호 제2015-000068호
등록일자 2015년 9월 15일
주소 (10387) 경기도 고양시 일산서구 중앙로 1455 대우시티프라자 B1 202-1호
전화 031-919-4288
팩스 031-919-4287
모바일팩스 0504-441-3439
이메일 bookparan2015@hanmail.net

ⓒ김해선, 2023, printed in Seoul, Korea

ISBN 979-11-91897-49-4 03810

값 12,000원

나의 해적

김해선 시집

시인의 말

굽은 등에서 장미가 핀다 장미가 흐른다 이마와 콧등을 지나 목청을 타고 내려간다 안개가 고여 있다 수많은 굽은 등이 잠겨 있다 모두 같은 모양 같은 크기이다 오지 않는 시간을 장미가 뱉어 버린 것일까 얼굴과 표정을 등 속에 감추고 있는 거미가 복제된 것일까 장미를 업고 굽은 등이 간다 가시를 매달고 줄기가 뻗어 간다

차례

제3부

제1부

새우

　새우가 뛴다 촛농을 떨어뜨리며 수백 마리 새우가 뛴다 나뭇가지에서 솟구치는 파도를 움켜쥐고 뛴다 죽은 나무에서 미로가 왜 돋아나는지 손에 쥐고 있던 지도를 찢어버리고 뛴다 빈 가지 끝에 매달려 사라지는 새우 사라지지 않은 새우가 뛴다 굽은 등을 밀어 올리며 폭풍을 폭동이라고 중얼거리며, 촛불 속에서 껍질이 살을 붙잡고 뛴다 공중을 매달고 있는 수많은 방 수많은 꿈이 뛴다

●수많은 방 수많은 꿈이: 오노 요코.

입덧 쌓기

　누런 벌레들이 날아다닌다 손에 들고 있는 반송된 우
편물과 누적된 가스 요금 청구서에도 기어 다닌다 수취
인이 거부해서 돌아온 누런 봉투에 수북이 쌓여 간다 순
간 날개를 펴고 날아든 벌레들이 눈썹 끝에 앉아 나를 내
려다본다 급하게 삼켰던 딸기가 안에서 부풀어 오른다 혼
자 떠돌다 낯선 도시에서 잠을 자고 밥을 먹던 시간이 헛
바닥에 쌓인다 오지 않는 시간을 붙들고 공중에 떠 있던
순간이 출렁거린다 한 칸씩 사라지던 계단이 나타난다 난
간 끝에서 까치가 운다 누런 벌레들이 가득 덮여 있다 뜨
거운 살을 다투어서 뜯어 먹는 소리가 뾰족해진다 보이는
대로 찌른다 나는 나의 살과 피를 토해 내지 않는다 혼자
서 있는 발목이 희다

살짝 지워 줘

앉아도 될까요? 생수를 마실수록 왜 쓴맛이 날까요 잠을 자고 꿈을 꾸며 걸어가는 소리 등나무 아래로 미끄러진다 나무줄기처럼 여러 갈래 길이 보인다 그곳을 지나쳐 포도밭이 뻗어 있는 곳으로 가고 있다 나무가 서 있거나 나무가 사라지는 곳 매일 새들이 날아왔다 흩어지던 곳 어디를 밟아도 사방이 울리는 곳에서 풀잎이 올라오고 있다 멀리서 소리치며 흔들고 오는 왼손이 보인다 웃는 입술이 뭉개져 보이지 않는다 사라지는 흙길이 선명해진다 하루는 지치고 하루는 일어나는 오후 마취에서 풀리지 않는다 거기서 벨 소리 하나 울린다 불러도 모른다 한 줄기 볕에 반짝인다 가루가 되어 간다

벌레 먹은 나무를 보호하기 위한 자율적인 분쇄기

빨강 점 하나 어깨와 날갯죽지에 숨어 있다 폭발한다 나의 말들이 살고 있는 방을 찾아 솜뭉치에 불붙여 던져 버린다 낱알처럼 톡톡 터지는 말 모두 불을 달고 히히거린다 기름 냄새를 풍기며 핏자국도 묻히지 않은 빨강 점이 돌아간다 지붕이 푸르고 모가지가 푸르고 자동차도 푸르다고 외치며 돈다 무작정 놓쳐 버린 시간을 쓸며 묶여 있는 두 팔을 찾아 돌아간다 새로운 매뉴얼에 서명하지 않으면 어떤 혜택도 받지 못하고 지금까지 했던 말에 동의하지 않으면 껍질째 씹어 삼키는 어느 보험회사 약관처럼 열망과 멸망을 권장하며 돈다 그것이 무엇인지 점 하나 남기지 않고 지글거리며 돈다 썩어 뭉개질 때까지 발전하길 꿈꾸며 혼자서 불타는 머리카락이 미친 듯이 오그라든다

이야기 독립군의 지도

응급실 유리 벽 안에서 너는 긴 호스를 매달고 있다 푸르스름한 불빛이 부풀어 있는 너의 맨살을 비춘다 유리 벽 뒤에서 전지가위 소리가 난다 부러진 나뭇가지 쓸데없는 불안을 잘라 버리는 소리가 울타리를 만든다 바닥에 떨어진 빈 가지들을 모아 불태우고 있을지도 모르는 너의 의식을 따라 울타리 안을 헤집는다 흰 화살표들이 돋아난다 멈춰 있던 쇳소리가 빗소리로 변한다 빗속에서도 나뭇가지가 불타고 있다 매캐한 연기를 내뿜으며 자주색 커튼 창문이 나타난다 아직도 꿈꾸고 있는 커튼을 열고 새들에게 땅콩 부스러기를 던져 주며 지나가는 사람들을 구경하던 아침이 꺼지지 않는다 바닥까지 태우고 아무것도 없는 소리가 끓어오른다 누런 빗물이 흘러간다 방치된 뼈와 살이 흔적도 없이 녹아 버린 곳곳에 잡풀이 우거져 있다 수많은 너와 내가 아이들처럼 손을 잡고 모여든다 아직 깨어나지 못한 빗길을 비틀거리며 간다 거친 숨을 내쉬며 우산 없이 간다 화살표가 끓는다 골목이 우글거린다

나의 해적

어둠을 뚫고 새벽빛이 밝아진다 프라하성 뒤로 뻗어 있는 작은 샛길을 비춘다 성벽에 기대어 웃고 있는 모습이 춥다 서서히 안개 속으로 숨어 버린다 누구일까 나의 왼쪽 가슴속에 살고 있는 너일까 내 뒤를 밟고 있는 익명의 얼굴일까 어깨 위에 먼지처럼 내려앉아 나의 말투와 표정까지 흉내 내고 있는 그가 누구인지

코끼리신, 개미신, 병아리신, 아카시아 뿌리신…… 수많은 인도의 신처럼 안개 속에서 보였다 안 보였다 사라지지 않는다 일 분 전의 나 일 분 후의 나 한낮의 나 한밤중의 나 같기도 하고 불투명한 창에 두 눈을 붙이고 나를 들여다보던 눈동자, 무엇 때문에 내가 밥을 먹고 샤워하고 외출해서 사람들을 만나는 것까지 체크하는 걸까 왜 미워하고 질투하는 감정까지 알아내서 나 아닌 나로 살아가는 걸까

오래된 성벽 뒤에서 웃고 있는 얼굴이 엄지손톱만 하다 점점 커진다 순간 약해지거나 죽어 갈 때 입을 열어 보라고 목소리를 낸다 누구인데 알 수 없는 말을 하고 나의 눈에서 말라비틀어진 나를 끄집어내어 분열되는 나를 보게

하는 것일까 인도 캘커타역에서 만난 검은 얼굴인지 스스
로를 끌어안고 살아가는 보이지 않는 너 같은 또 다른 너
인지 사라진 새벽을 붙잡고 자다 깨다 반복하게 한다

반쯤 뜨고 있는 눈꺼풀 안에 저장된 변압기

촛불이 간다 희미해지는 자동차 소음을 따라 눈꺼풀 안에서 촛불이 어딘가로 가고 있다 마지막 밑동만 남아 닳아진 무릎으로 밀고 간다 신호를 무시하고 간다 자동차와 오토바이 사이를 지나간다 싸구려 뿔테 안경을 쓰고 흐려지는 앞을 밀고 간다 두통이 멈추지 않는다 문이 닫힌 약국 진열대에 알약들이 반짝인다 노랑 빨강 검정 알약들이 가까이 다가온다 모두 촛불을 쥐고 따라온다 돌아보면 가랑비가 날린다 무명과 무더기 속으로 만지면 꺼져 버리는 마지막을 태우며 간다 흩어지는 한 조각 섬을 밀고 간다

핑크 아침

　안개 속에서 악어가 두 눈만 내놓고 있다 잘려 나간 꼬리에서 핏물이 쏟아진다 점점 붉어지는 늪 속에서 갈라지고 찢어지는 몸뚱이를 감추고 있다 수포로 가득 찬 피부를 덮어쓰고 거친 숨소리를 뿜어낸다 부연 거품과 침묵이 만나는 곳에서 꿈틀거린다 지루한 아침이 조금씩 밀려 나온다 식어 가는 살점이 두려움을 물고 있다 흰 송곳니가 핏물 속에서 고요해진다 끔벅이다 멈춘 두 개의 눈이 소금 알갱이처럼 잠깐 반짝인다

두개골을 감싸고 있는 모태의 밤

몽롱한 지느러미가 나타났다 사라진다 색깔도 없이 냄새도 없이 흔들리다 흔들리지 않는다 아무도 없는 어둠 속 골목 끝에서 새싹이 돋아난다 개미들이 줄지어 간다 머리 위로 새들이 돌아다닌다 작은 날갯짓들이 창틀에 붙어 있다 흩어진다 보이지 않는 눈동자가 가까이 온다 웃음을 날린다 무엇을 더 나열해야 하는지 어떤 이력을 써야 하는지 지루한 시간이 창틀에 쌓여 간다 매일 나를 배반해 가는 나의 일기처럼 차갑지 않고 무겁지 않다 몽롱한 지느러미를 찾아 흘러 다니는 뜨거움이 건너편 나무 아래로 미끄러진다 어둠 속에서 낄낄거리며 뼈와 뼈 사이에서 녹색 덩어리를 밀어낸다 지느러미도 오래된 배앓이도 아니다 깊은 잠 속에서 새로 태어난 세포 하나 흙길 위에 서성인다 고개를 들고 손을 내밀자 순간 솟구치고 발광한다

마르지 않는 샘

금이 간 항아리가 있다 항아리 안에 눈동자 하나 담겨 있다 핏물과 흙 속에 갇혀 있는 눈동자 빈 나뭇가지에 걸려 있는 과자 봉지처럼 번쩍인다 나와 상관없는 눈동자 갑자기 동맥과 정맥을 타고 머리에서 발끝까지 돌아다닌다 눈동자는 심장과 횡격막 사이에서 빠져나가지 못한 내가 모르는 기억일까 밤마다 빈 나뭇가지에서 마지막 수액을 빨아들이는 비닐 조각에 붙잡혀 담요를 뒤집어쓰고 있는 시간일까 귀고리가 달린 작은 구멍으로 나를 훔쳐보는 눈동자와 마주친다 바닥이 안 보이는 깊은 곳에서 무엇인가를 퍼내고 있다 핏물도 흙도 아닌 것이 쏟아진다 순간 화를 내고 숨어 버리고 순간 여기저기 헤매는 나를 녹이고 틀고 다시 불안으로 끝없이 채워 간다

시고 덜 익은 푸른 사과

사과가 간다 두 귀가 달린 병적인 사과가 간다 깊은 저수지 언덕길을 오르는 버스를 타고 물 위에 비치는 얼굴을 보고 간다 이마를 창에 붙이고 물속에서 출렁이는 눈동자와 마주친다 들여다볼수록 눈동자가 없는 텅 빈 공간에서 두 귀를 세우고 두리번거린다 짖어 대는 이웃집 개보다 더 난폭하게 소리 지르는 사과 밤이 오면 창문에 스치는 그림자가 무서워 벽에 붙어 있는 사과가 보인다 혼자 가둬 둘까 봐 두 눈을 동그랗게 뜨고 있는 사과 나뭇잎 구르는 소리에도 귀를 막는다 빙빙 도는 저수지 수문 속으로 휘말려 가는 강박에 사로잡힌 사과 사라지는 버스에서 내리지 못한다 보이지 않는 물거품에도 움찔거린다 길 없는 길에서 꼭지부터 썩어 가는 내일

샌드위치

　모래알과 물거품 사이를 밟고 있다 오른쪽을 밟으면 안개에 싸여 있는 바닷속으로 끌려갈 것 같고 왼쪽을 밟으면 알 수 없는 구덩이에 던져질 것 같다 순간 뜨겁다 차거워진다 끝없이 갈라지는 모래알 끝에서 잠시 졸음이 오고 잠시 여름과 겨울이 함께 와 있다 어디에도 끝이 보이지 않는다 물거품 속에서 물개 우는 소리가 들린다 무엇이 고립이고 무엇이 자립인지 독립적으로 멸종하고 싶어 밤에도 새벽에도 모래알과 물거품 사이를 밟고 있다 비둘기처럼 구구거리며 이쪽저쪽에서 알 수 없는 힘이 잡아당긴다 그림자도 없고 냄새도 없다

나의 탄소 일기

　위층 베란다에서 공사하는 소리가 난다 유리를 깎고 구멍을 뚫는 소리가 벽을 울린다 뿌리가 깨진 어금니를 뽑아내던 기계 소리와 비슷하다 어금니 조각들을 핀셋으로 제거하자 작은 구덩이가 생겼다 구덩이는 내부를 보여 주지 않고 다물지도 않는다 혀끝이 닿을 때마다 깊은 협곡을 지나 국경을 넘을 때 마주쳤던 구덩이가 떠오른다 절벽 아래 패인 곳에서 아이 울음소리 염소와 닭 우는 소리가 났다 참새들이 사라진 지붕 위를 날아가고 누군가 싸우는 소리가 드릴 소리에 빨려 들어간다 비누 거품을 내어 세수하는 소리도 가까이 온다 맨 끝에 있던 깨진 어금니처럼 베란다 건조대에 걸려 있는 빈 옷걸이가 흔들거린다 창문 너머 희미한 뿌리를 달고 비행기가 날아간다 예리한 산등성이를 지나 다른 나라로 들어갈 때 불타던 냄새가 멈추지 않는다 어디선가 거위 우는 소리가 들린다 봄부터 시큰거리고 피가 나던 자리 솜으로 막아도 핏물이 배어 나온다

가려진 시간

　침대 끝에 앉아 수저로 사과를 긁는다 오물거리는 입안에 사과를 넣어 준다 사과를 파 들어갈수록 남자 입술에서 가느다란 노래가 흘러나온다 처음 들어 본 노래 남자의 깊은 잠 속에서 빠져나오는 것 같다

　사과를 긁는다 수저 끝에서 절벽을 갉아 내는 소리가 난다 소리를 따라 희부연 공중이 1㎜씩 내려온다 남자가 살았던 지하 1층 벽에 매달린 환풍기처럼 돌아간다 열렬하게 사과를 긁는다 사라지는 빈 구덩이를 긁는다 발음이 안 되는 소리가 턱밑으로 흘러내린다 새해 첫새벽 바다가 보이는 언덕에서 두꺼운 골판지로 바람을 막아 촛불을 켜 놓고 바다를 향해 절을 하던 남자 입속이 캄캄하다 쇳소리가 새어 나온다 멈춰 있는 남자 얼굴 근육이 힘겹게 움직인다 광대뼈에 붙은 검은 반점이 벗겨지지 않는다 뜨거운 절벽을 둘둘 말고 있는 뺨이 어둡지 않다 붉지 않다

제2부

사라지는 피부 말을 배우는 피부

조각배가 간다 주문을 외우며 간다 출렁이는 바닷물을 밀고 그림자가 없는 곳 바람이 없는 곳을 찾아간다 깊은 바다 한가운데로 갈수록 뜨거운 해가 높이 떠 있다 침묵은 지루하지 않아 안 보이는 바다 안 보이는 조각배라고 속이며 그 말을 믿으며 간다 앞으로 나아가면 알 수 없는 끝이 보이고 뒤로 물러나면 중심이 보이지 않는다 입을 여는 순간 무너질 것 같아 움직이지 않는다 녹지 않는 것을 찾고 싶어 가슴 안쪽 깊숙이 숨어 있는 물이 빠지지 않는다 잡아당겨도 흔들리지 않는다 죽어 가는 손이 식어 가는 이마를 부른다 세상에 없는 피부 히히거리는 피부를 위해 노를 저으며 간다 마지막 순간을 복원하고 싶어 사라지는 것을 돕고 싶어

끊어지거나 이어지거나

　토마토가 온다 신호를 무시한 채 미열에 들떠 있는 토마토가 온다 뭉개지지 않은 토마토 발자국보다 단단한 토마토가 온다 목 뒤를 붙잡힌 것처럼 거친 숨을 쉬며 가까이 온다 왜 쫓기고 있는지 이유를 모르는 토마토 세포 하나 바늘귀 하나도 빠져나가지 못하게 날카로운 손톱을 감추고 온다 그것이 무엇인지 접히지 않는 우산이라고 중얼거리며 온다 파리제과 앞을 지나 삼천리자전거 앞으로 손톱이 언제부터 존재했는지 잃어버린 질문을 안고 보이지 않는 소리가 온다

다이버

발자국이 뛰어간다 울타리를 넘어 냇가를 지나 바위로 올라간다 절벽이 나타나자 순간 절벽 아래로 뛰어내린다 깊은 바닷속으로 내려가는 발자국 비바람이 불다 잠잠해진 새벽녘을 찾아간다 멀리 보이는 집들과 나무들이 잠들어 있다 발자국이 태어나고 살았던 집 버드나무들이 빙 둘러싸고 있다 이파리마다 어릴 때 뛰어다니던 발자국이 흔들리고 있다 숙제를 하고 염소놀이를 하던 소리가 난다 알 수 없는 휘파람 소리도 돌아다닌다 오지 않는 시간을 부르며 너도 죽고 나도 죽고 마을 사람들 모두 죽어서 살고 있는 이곳의 세계가 무엇인지 되물으며 돌아다닌다 깊은 바닷속이 염소의 내부였는지 염소의 뿔 위에서 출렁이던 한낮의 뒤통수가 신기루처럼 가물거린다 고삐에 묶여 있지 않은 소리 언덕을 오르다 미끄러진다 늦게 온 잠들이 깨어나 깜박거린다

고요하고 격렬한 배회

비가 많이 왔다 이쪽과 저쪽을 잇는 긴 다리가 물에 잠겨 있다 다리 입구에 금지 구역 푯말이 붙어 있다 푯말을 무시하고 금지 구역을 걸어간다 물속에 잠긴 다리가 점점 깊어진다 다리 양쪽에 잡풀들이 짙푸른 얼굴을 내밀고 있다 물의 내부는 잠이고 잠의 내부는 현기증이라고 웅얼거린다 서로 뒤돌아본다 보이지 않는 나의 얼굴과 닮아 있다 발끝이 닿지 않는 곳에서 먼저 죽은 잠과 살아서 꿈틀거리는 잠이 격렬하게 물살을 일으킨다 그 사이를 걸으며 나는 사라진다 더 많이 사라진다 뒤처지는 시간에 잠기며 다시 살아난다 지겹게 나는 살아난다

이른 아침 자두나무 근처

　창문 앞에 자두나무가 서 있다 나무 근처에서 불꽃이 타고 있다 이른 아침부터 누군가 쓰레기를 태우는지 검은 연기가 난다 나는 어젯밤의 악몽을 불 속에 던진다 불 속에 절벽이 서 있다 알 수 없는 손이 절벽 아래로 나를 밀어내고 있다 나를 놔 버린 손 끌어당기는 손 끝없이 달려드는 악령

　죽어도 죽지 않는 세포 하나 불빛 속에서 나의 얼굴을 비추고 있다 모래알을 세어 간다 백 개가 모이면 불 속에 던진다 다시 세어 가고 던지기를 반복한다 고기 타는 냄새가 난다 바닥을 끌고 가는 슬리퍼 소리가 멈추지 않는다

　가까이 가도 타지 않는 불 아침을 어디로 옮겨야 하는지 절벽이 무엇인지 두리번거린다 불이 붙어 있는 이파리도 타지 않는다 어둠은 어둠 속에서 잘 보인다고 작은 개가 어슬렁거리며 다가온다 절벽 밑으로 밀어내던 커다란 손이 불 속에서 선명해진다 왼발이 신었던 슬리퍼 한 짝이 나뭇가지에 걸려 있다

살구

　

살구나무가 있는 식당에서 사람들이 저녁 식사를 하고 있다 유리잔을 부딪치며 큰소리로 건배를 한다 높은 천장에 매달린 불빛이 유리잔에 가득 차 있다 방금 전까지 함께 걷던 사람들 불러도 모른다 건너갈 수 없는 검은 강물이 내 앞으로 흐르고 있다

식당 안 곳곳에 촛불들도 아름다워 보인다 촛불 속에서 검은 눈동자와 긴 속눈썹이 가늘게 떨린다 살구가 발밑으로 떨어진다 냄새가 향긋하다

세차게 흘러가는 강물 건너편 식당은 어떤 곳일까 그곳에서 함께 밥을 먹고 유리잔을 부딪치던 사람들이 잠시 머물다 새 출발을 하려는 곳인지 아직 이곳의 시간을 놓지 못한 소리가 모여드는 곳인지 살구가 익어 간다

멀리 보이는 산 밑에서 희부연 눈보라가 몰려온다 뾰족한 나무 꼭대기에서 쏟아진다 여름인데 하얀 눈발이 날린다 불빛 사이로 식당에서 웃고 떠들며 식사하던 그림자가 일렁인다 살구가 뭉개진다 발밑으로 머리 위로 떠나지 못한 발자국들이 웅성거린다

이기적인 바퀴의 탐사

천장이 굴러간다 방을 매달고 죽은 너야 죽었던 너야
히히거리며 간다 얼음 조각을 갈아 흰 눈처럼 수북이 담
아 놓은 방을 매달고 간다 창문 너머 버스가 지나가는 소
리를 들으며 비현실 같은 현실을 보고 있는 방 오래전에
죽은 네가 이 방에 와서 새살림을 하는 방 가만히 와서 아
무도 모르는 시간을 모아서 간다 알 수 없는 말로 가득 찬
방 기차를 타고 비행기로 옮겨 타고 가도 이륙하지 못하
고 회항하는 방 닮아 내도 보이지 않는다 오래도록 그 밤
에 살았다고 믿고 있는 방 머리카락이 짧은 여자와 이기
적인 시간을 붙였다 띄었다 거기에 사로잡힌

단단한 씨앗처럼

흙으로 잠 하나를 덮어 준다 춥지 않게 덥지 않게 바람 한 점 물기 한 방울도 스며들지 않게 흙덩이를 잘게 부수고 반반하게 펴 이불처럼 덮어 주고 밟는다 하나의 잠이 빠져나간다 먼지처럼 날아간다 연기보다 더 멀리 사라진다 아침이면 돌아와 다시 눕는다 흙으로 만든 이불 속에서 무엇을 시작해야 하는지 열심히 찾는다 가늘게 눈발이 날린다 아침이 없는 곳 물기가 사라진 곳에서 비누 냄새와 면도기 소리가 난다 알 수 없는 웃음소리를 비추며 해가 높이 떠오른다

한 조각 빵에 얹혀 있는 치즈처럼

손등이 가렵다 부풀어 오른다 순간 목과 등이 가려워진다 부푼 피부 안에서 불안의 씨앗이 터져 나오는지 손끝이 스치기만 해도 사방이 가렵다 세포들이 씨앗을 날린다 싱싱해진다 마트에서 장을 보거나 운전할 때 친구를 만날 때에도 날갯죽지나 옆구리에서 불쑥 솟아난다 어깨를 들썩이게 하고 여기저기 슬쩍 꼬집게 한다 그것은 깊은 잠 속으로 내려가 개미들처럼 여러 개의 방을 만든다 천장과 바닥이 없는 방을 지나 비상구 불빛이 보이는 방문을 열게 한다 얼굴 없는 가족사진이 걸려 있다 모두 아이 같기도 하고 거친 사막에서 사는 사람들 같다 발끝에서 머리까지 몸을 가리고 불안을 먹고 사는 걸까 텅 빈 목구멍들이 움직인다 불가능하고 자유로운 방을 찾아 빈 구멍들이 긁기 시작한다 모두 흘러내리며 긁는다 가려움의 뿌리가 무엇인지 어디서 시작되었는지 알 수 없는 방에서 죽어 가며 긁는다

줄어들지 않고 바스락거리는 오후

꽃무늬 우산 속에서 흰 연기가 새어 나온다 중학생이 우산을 쓰고 담배를 피우고 있다 사람들 발소리를 피해서 우산을 오른쪽으로 돌렸다 왼쪽으로 돌리며 연기를 밟는다 우산 밑에서 가늘고 구불거리는 연기가 긴 벌레처럼 기어 나온다 연기는 히말라야 계곡을 향해 가고 있다 건널목 흰 줄을 밟고 아파트 벽을 올라 큰 나무 꼭대기로 간다 끝없이 뻗어 가는 히말라야를 찾아 얼음 속에서 깨어나지 않고 있는 너를 찾아

기울어지는 해를 따라 연기가 희미해진다 신호등 옆에 뻥튀기가 가득 담긴 자루가 쌓여 있다 주인이 보이지 않는다 사람들이 주인을 기다리다 가 버린다 머리가 긴 남자가 유모차를 밀고 온다 남자의 눈동자 안에서 네가 두리번거리며 빠르게 지나간다 아무 문제 없다고 혼자 말하는 너를 따라간다 네가 뒤돌아본다 신호가 바뀐다 노란 플라스틱 바구니를 달고 오는 오토바이가 빨간불을 뚫고 달려간다 너는 흩어진다 너를 붙잡는 나의 오른손이 보이지 않는다 뻥튀기 주인은 아직도 오지 않는다 나의 손가락 사이로 히말라야가 녹아 흐른다

작은 오아시스

돌멩이가 돌멩이를 쌓는다 바다에 들판에 식탁 위에 안 보이는 돌멩이를 쌓는다 무너지면 다시 쌓는 돌멩이가 숨을 쉬며 가까이 다가온다 식탁에 앉아 밥을 먹고 차를 마신다 오랫동안 비가 오지 않아 걱정하는 얼굴이다 가늘게 실눈을 뜨고 있다 낮은 콧등과 선명한 눈썹과 귀밑에 찢어진 흉터가 보인다 긴 머리카락이 흉터를 가리고 있다 누구의 얼굴일까 돌 속에 수백 년 묻혀 있다 깨어난 얼굴 같다 갑자기 되살아난 얼굴로 무슨 말을 하려는 것인지 한 손에 개를 끌고 다른 손에 새를 쥐고 있다 밤이 온다 소금 냄새가 난다 돌 속에서 나타난 얼굴과 바다 한 조각이 출렁인다 창문을 열고 마지막 골목으로 쑥쑥 뻗어 간다 모래바람이 일어난다 혼자 유쾌하고 혼자 캄캄해지는 돌멩이가 물속에 잠긴다 황폐하게 죽어 가는 바닥을 향해 소리친다 발견되지 않는다

잠깐 볼 수 있는

밤이 온다 연어처럼 구름을 몰고 온다 어둠에 덮인 버스 정류장으로 마지막 물살을 걷어차고 연어처럼 올라온다 몽롱한 밤 차가운 밤 문지를수록 살아나는 밤 숨지 않고 멈추지 않는다 모래를 밟고 걸었던 밤들이 떠오르지 않는다 이야기도 없고 말도 없는 소리를 정류장 표지판에 붙인다 아무것도 안 하고 앉아 있는 그림자를 붙인다 바람에 흔들리는 밤 혼자 미쳐 덜컹이는 밤 거친 물살을 뚫고 올라오는 연어를 낚아채기 위해 바위 끝에 앉아 있는 독수리처럼 피부와 눈동자가 붉어진다 사라진 종점을 찾고 있는 밤 파란 플라스틱 의자가 차다 짙어 간다

온도를 높이며

휴게소가 자란다 창밖으로 뻗어 가는 넓적한 나뭇잎처럼 수많은 소리를 담고 깔깔거린다 오래된 시골 시멘트 벽에 써 있는 낯선 문자들 꼬불꼬불한 수염을 달고 있다 그 위에 겹쳐 있는 문자들 이파리에 오르다 떨어진다 알아들을 수 없는 말들이 넘어지고 일어나 벽으로 번진다 회색으로 덧칠한 벽에 수많은 손자국들이 번들거린다 버스가 오지 않아 무작정 기다리고 있다 후덥지근한 땀 냄새 담배 냄새가 풍기는 휴게소 벽에 기대어 식은 커피를 홀짝인다 꽃무늬 원피스를 입고 있는 아이와 마주친다 우리는 서로 알아들을 수 없는 말을 한다 시간이 늘어나는 곳이 휴게소야 어디에도 없는 유령들이 망사 드레스를 입고 서로에게 쌓인 감정을 던지는 곳이야 오래전 공동묘지였다 휴게소로 변한 이곳에서 갑자기 죽어 버린 나를 만났다고 아이가 고백한다 늦은 밤에도 해가 높이 떠 있는 곳 얼음 조각들이 녹지 않는 곳에서 반은 사라지고 반은 잠들어 있는 내가 쌓여 간다 갈 수 없고 멈출 수 없는 곳에서 망사 드레스를 입고 춤을 추는 나는 이상한 소리를 내는 동물처럼 등이 구부러져 간다 이야기가 끝나기 전 무거운 눈꺼풀 속에서 이파리 속으로 옮겨 간다

다뉴세문경

노란 집이 보인다 창문마다 피어 있는 유채꽃 이파리에서 벌레가 떨어지는 노란 집 멀리서 보면 벌집 같은 속에서 남자 혼자 살고 있다 첫 새벽에 일어나 밥을 지어 신에게 올리는 남자가 살고 있다 바람이 오면 밖으로 나가는 남자 그 집에서 태어나서 죽고 태어나기를 반복하는 남자 혼자 신부가 되고 신랑이 된다 어둠과 새벽을 품고 빨강을 입는다 헝클어진 머리를 빗고 눈썹을 그리며

들리지 않는 귀를 열고 읽지 못한 책을 읽어 가는 새벽 붉은 천으로 몸을 가리고 있다 읽는다는 것은 오래된 벽에 기대어 희미한 꿈속으로 들락거리는 일 그의 아버지와 아버지의 아버지들을 암기하며 썩은 고기를 물고 절박하게 몸을 씻어 내는 일이다 온몸에 솜털이 일어나는 신랑이면서 신부인 남자가 모래밭을 지나 끊임없이 물거품을 밟고 오는 발자국 소리를 듣는다 사라지지 않는 환청을 향해 소금과 설탕을 뿌린다 넘기지 못한 페이지와 녹슨 청동 사이에서 입술을 붉게 칠한다

●다뉴세문경: 신석기시대의 청동거울.

42

뜨거운 잠

잠이 쏟아진다 손이 없는 잠 눈이 없는 잠 입과 귀가 없
는 잠이 서로를 부른다 텅 빈 공터가 달려온다 사라진 농
구대에서 공 던지는 소리가 멈추지 않는다 깊은 잠으로 변
해 간다 목덜미에서 손톱 끝에서 쉬지 않고 숨 쉬는 잠 서
로 뱉고 삼키며 등 뒤에서 어깨 위에서 새처럼 지저귄다
참았던 겨울이 밀려온다 잠이 쌓이고 무너진다 끝이 보이
지 않는다 눈발이 흩어진다 농구대에서 돌아오지 않는 잠
이 사라진 길을 깊게 빨아들인다 어둠을 뚫고 사막행 비
행기가 날아온다

제3부

브라질 종소리

　새벽은 종류가 많다 비밀번호를 가지고 있다 내 몸에서 빠져나가는 부연 소리가 4시 10분 첫새벽을 알려 준다 나는 멀리 간다 공중으로 높이 솟아오른다 흐르는 강물이 나를 보고 있을 때 너의 꿈속으로 흘러가고 있는 것을 알았다 너는 왼손으로 코바늘뜨기를 하고 있다 엄지와 중지가 쥐고 있는 흰 바늘이 길고 가느다란 뼈처럼 보인다 바늘의 작은 구멍이 연신 눈동자를 크게 뜨고 빤히 쳐다본다 새의 부리처럼 반복한다 일찍 일어나 방을 쓸고 창문을 닦는 손이 누구였는지 매 순간을 붙들고 버리고 혼자 깨어나는 나는 음표를 읽지 못한다 자발적이라는 말이 낯설다 지치지 않는다

슬픔이 없는 구석

큰비가 내렸다 아침이 깨어나지 못한다 벽을 뚫고 올라온 풀잎이 부러질 듯 한들거린다 흙탕물 위에 부풀어 오른 검정 문자들이 떠다닌다 귀를 세우고 있던 문자 하나 납작한 지붕 아래 있는 골방으로 올라간다 녹으면서 살아나는 좁은 계단이 보인다 계단을 밟고 가면 마지막 여름이 빠져나가지 못하게 왼쪽 계단으로 이어진다 모래 묻은 발자국이 계단에 찍혀 있다 누구에게도 발견되지 않은 발자국을 따라 올라간다 무너지고 있는 층계가 보인다 그 위에 썩지 않는 사과 하나 떠 있다

함몰

　흰 조각이 날아간다 가벼운 플라스틱 통 안으로 떨어지기 전 약간 흔들린다 마지막 이곳을 떠나는 어떤 눈동자처럼 순간 돌아보다 멈춘다 펴지지도 구겨지지도 않게 얇은 조각 밑에 작은 그림자가 생긴다 그림자는 부드럽다 쏟아지는 햇볕을 감싼다 갑자기 그림자가 조각을 찢어 먹기 시작한다 더 길게 더 강렬하게 더 나빠지게

방치되는

　뼈가 웃는다 눈동자 안에 찍힌 검은 점이 웃는다 검은
점을 칼끝으로 건드린 기억할 수 없는 기억이 웃는다 눈
동자 속 검은 점을 뼈의 출발점이라고 한다 무너진 메모
리 속에서 뼈가 녹고 녹지 않은 점이 어디서든 살아남는
다고 키득거린다 잘라 낸 손톱 조각에 붙어 비바람 속에
서도 쉽게 살아갈 수 있다고 말을 한다 단단하거나 물컹
하지 않아 무엇이든 삼키고 쫓아가는 패턴이라고 값싼 날
개를 붙인다 누구에게도 붙잡히지 않은 점이라고 곤두선
다 흰자 위에 덮여

지루하지 않은 방

   나뭇가지 위에 웅덩이가 걸려 있다 웅덩이 깊숙이 내려가면 빈방 하나 있다 벽지 뒤에 새벽이 숨어 있을 것 같아 벽지를 찢는다 곰팡이가 활짝 피어 있다 태양 아래 백사장이 펼쳐진 것처럼 닿을 수 없는 곳까지 곰팡이 흰 꽃들이 가득 피어 있다 꽃들이 서로 격렬하게 뭉쳐 간다 흰 모래밭에 의자를 놓고 앉아 먼 곳을 보거나 전화를 하며 어딘가에 계속 붙어 있을 벽지를 찢으며 봄을 밤으로 밤을 사막으로 바꿀 수 있다는 희망에 부풀어 검고 푸른 이파리로 변해 간다 빗줄기와 밤이 동시에 나타난다 함께 죽는 곳을 보여 준다

나의 연

공터에서 연을 날린다 줄에 매달려 날아오르는 한 조
각 몸이 꼬리를 흔들며 높이 떠오른다 이리저리 솟구친다
가느다란 줄을 잡고 떨어지지 않으려고 열심히 발가락을
세운다 두 팔을 높이 들고 실패를 붙잡고 실패를 풀어 간
다 나무뿌리로 만든 실패는 단단하다 반질반질하다 팽팽
해진 줄이 바람에 휘어진다 실패를 놓치지 않는다 종잡을
수 없는 구름에 갇혀 빙 돌다 공중을 달고 꼬리가 내려온
다 번갯불 한 줄이 번쩍인다 왼쪽부터 찢어진다

귀퉁이가 떨어져 나간 석관의 덮개 아래

문틈으로 피아노 소리가 새어 나온다 문을 밀고 들어간다 매듭이 굵은 손가락이 음반 위에서 움직이고 있다 높은음으로 올라가고 있다 내부 천장과 바닥은 검은 나무로 만들어져 있다 네모난 스토브 안에 있는 두 개의 줄에서 불빛이 이글거린다 피아노 앞에 웅크리고 있는 등이 타원형으로 구부러져 있다 거친 손가락들이 건반 위에서 태어나 건반 위에서 늙어 가는 것 같다 갑자기 세찬 바람이 벽을 울린다 바닥과 긴 나무 의자가 한 몸인 것처럼 움찔거린다 구부린 등 그림자가 모래언덕처럼 흘러내린다 바닥을 지나 먼지를 몰고 뾰족한 틈으로 내려간다 부서진 조개껍질과 모래밭이 펼쳐져 있다 피아노 소리가 껍질을 밟고 다니다 귀퉁이가 떨어져 나간 뚜껑 속으로 들어간다 빛이 없는 곳으로 뻗어 간다 거친 뿌리를 찾아 쓰디쓴 입을 벌린다

체스키크룸로프에서 온 엽서

강물 소리를 밟고 있어 빨간 지붕을 모자처럼 쓰고 있
는 마을을 도는 강물을 따라가며 물 위에 비치는 높은 성
벽과 구름 한 점이 이발사 다리 아래서 하얗게 부서지고
있어, 너에게 다 하지 못한 말처럼 금방 흩어지는 강물 소
리를 밟고 다니며 우리의 시간을 보고 있어 멈춰 있거나
너무 닳아서 자주 구부러지는 시간이 회복되면 성벽 밑에
가득 피어 있는 보랏빛 구절초를 함께 보고 싶어, 이발사
딸의 슬픈 이야기도 들려주고 마을에서 쫓겨났던 피부가
흰 청년과 갈색 머리 아가씨 이야기도 해 주고 싶어 돌멩
이로 만든 광장의 우물 왼쪽으로 돌아가면 좁은 골목들이
뻗어 있어 반질거리는 돌길을 걸으며 수다를 떨어도 우리
의 말은 멈추지 않을 거야 막다른 길에 닿아도 절박하지
도 지루하지도 않을 거야, 벌써 해가 지고 있어 마을에서
왜 쫓겨나야 하는지도 몰랐던 청년이 샤먼처럼 주문을 외
우며 물 위를 걸어오고 있어 긴 검정 치마를 끌며 청년도
처녀도 아닌 얼굴을 하고 다리 아래로 떠내려가는 해처럼
멈추지 않아 떠내려가기 전에 또 내려오고 다시 떠내려
와, 검정 치마에 겹겹이 쌓이는 얼굴이 너의 얼굴로 변하
고 있어 이발사 다리 난간에서 털모자를 쓴 얼굴로 변해
서 큰 소라 뿔 악기를 불고 있어 부풀어 오른 두 볼이 터

질 것 같아 그 위로 전나무 잎사귀들이 흔들리고 있어 붉은 꽈리를 매달고

어둠의 자발성

도시는 비슷한 길이 많다 비둘기 떼가 지붕을 덮고 있다 시간이 지나도 보이지 않는 강물이 거꾸로 흐른다 강물 속으로 떠내려가는 눈동자들이 보인다 어제까지 죽어 있다 살아난다고 말하는 눈동자들이 붙어 있다 꿈속에 사로잡혀 왼손과 오른손이 서로 못 본 척한다 새끼 고양이 소리를 내며 골목에서 막다른 골목으로 왔다 갔다 열에 들떠 있다 찾을 수 없는 주소를 들고 달려오는 강물 끝에서 붉은 달리아가 피고 있다 일 분씩 늦어진다

지나치게 지나치지 않은 방식으로

바위 끝에 까만 독수리가 웅크리고 있다 바위 끝을 붙잡고 미끄러지지 않으려고 엎드린다 몸이 뻣뻣해진다 두꺼운 눈꺼풀이 눈동자를 덮고 있다 독수리 머리 위로 몇 시간째 뜨거운 해가 내리쬐고 있다 날갯죽지에서 작은 벌레들이 기어 나온다 순간 구부리고 있던 발가락으로 바위를 밀어낸다 뭉개진 발톱으로 절벽을 넘어가려 한다 껍질을 끌고 내려가는 골짜기가 깊다 살이 썩어도 심장이 살아 있다고 믿으며 죽어도 죽지 않은 것은 무엇일까 어디까지 내려가야 마지막을 만날 수 있는지 얼마를 지불해야 하는지 날갯죽지를 흔들며 날아가는 꿈을 꾸고 있다 뜨거운 해와 얼음 조각을 섞는다 소리 없이 등이 익어 간다 기어 다니는 벌레가 입속으로 들어온다

빈혈에 대한 몰두

　　방충막 밖으로 피뢰침이 보인다 15층 옥상에서 공중을 뚫고 있다 가느다란 모깃소리가 난다 어깨와 손등에서 피를 빨고 달아난다 물린 자국이 가렵다 긁을수록 모기들이 죽어 죽어 버려 외치는 것 같다 부풀어 오른 곳을 손톱으로 꾹꾹 누른다 순식간에 왔다 가 버린 불처럼 화끈거린다 긁어 봐 긁어 보란 말이야 맹목적으로 달려드는 모기들이 이상한 소리를 한다 봐봐 너를, 벌겋게 부은 자리를 쪼아 먹으며 녹슨 피뢰침이 될 때까지 질리도록 물고 늘어지는 네가 보일 거야 너는 너인지 모르고 너의 피를 빨아먹고 있어 입을 벌리고 날름거리는 혀는 뜨거운 인두 같아 뱀처럼 순간 주춤거리며 꼭대기 층에 잠든 너를 나눠 먹으며

새와 산소

  눈을 감으면 우리는 함께 잠들어 있다 깊은 잠 속에서
자전거에 장바구니를 매달고 슈퍼에 간다 치즈와 생과일
주스와 아몬드를 산다 숨어 있는 산소가 살아난다 반대편
에 있는 다른 잠을 불러 본다 마지막까지 잘 탈 수 있게 장
작을 던지고 있는 손이 한 점 남은 심장을 쥐고 있다 날개
달린 손이 바람을 일으킨다 안 보이던 강물이 흘러온다 어
떻게 돌아왔는지 어디를 잘라 내야 하는지 푸르게 뻗어 가
는 것을 초과하고 싶어 그물을 던진다

아름다운 손

두 개의 손이 있다 긴 고무호스 양쪽 끝에 손이 달려 있
다 짧은 팔목에 진주 팔찌를 끼고 있다 무엇인가를 되살리
려는 듯 긴 줄이 꿈틀거리며 기어간다 시간이 지나도 썩지
않는 흉터 같은 긴 줄 얼굴 없이 태어난 두 손의 뿌리일까
어둔 밤일까 꿈속일까 팔다리와 몸통을 긴 고무호스 안에
숨기고 천천히 녹여 먹을 것 같은 손이 싱싱하다 작고 희
다 뽑아도 뽑히지 않는 뿌리가 무엇인지 어디를 향해 가
는지 질문을 막는다 형체도 없이 사라진 몸의 기억을 밀
며 웅크리는 몸뚱이를 만지며 뻗어 간다

왕관

입천장이 말라 간다 허옇게 갈라진다 모래바람이 일어
난다 알 수 없는 밤이 쏟아진다 바닥에 고개를 숙이고 엎
드려 있는 등을 덮친다 성난 모래알들이 살을 찌른다 어
둠 속에 파묻히지 않으려고 불안을 뚫고 통과하려고 눈을
감는다 순간 모래알들이 이마를 먹는다 눈동자를 먹고 눈
에 잘 띄는 입술과 뺨을 천천히 먹는다 양쪽 머리를 움켜
쥐고 있는 손가락들만 남아 그 자리에 멈춰 있다 손톱에
바른 형광색 매니큐어가 번들거린다 공터에 버려진 플라
스틱 왕관처럼 작은 공중을 붙잡고 약간 흔들린다 움직이
면 바닥으로 떨어질 것 같은 강박에 싸인 손가락들 무너
지는 모래언덕에서 반짝인다

제4부

새벽시장

    물 위에 떠다닌다 바나나처럼 생긴 나무 조각배에 배추와 무와 오이를 싣고 노를 젓는 배들이 보인다 검은빛이 남색으로 번지는 새벽 토마토를 가득 실은 작은 배가 다가온다 노란 수건을 머리에 둘러쓴 소년이 나에게 토마토를 사라고 한다 너였다 나를 까맣게 잊어버린 너는 어린 소년이 되어 불안한 눈빛으로 토마토를 사 달라고 나에게 토마토를 내밀고 있다 너의 눈동자 안에서 흔들리는 내가 보인다 매일 밤 너에게서 멀리 떠났다 희부연 새벽이면 다시 돌아온 내가 너를 마주 보고 있다 어둠과 질문이 서로 반짝이는 새벽 왜 우리는 알 수 없는 배를 타고 있을까 살아 있을 때의 모습을 사고팔기 위해 서로의 끝을 붙잡고 있는 것일까 그것을 알지 못해 마지막으로 가고 있는 나는 새벽 비를 맞으며 떠다닌다 한 번도 와 본 적 없는 새벽시장이 열리는 캄캄한 호수에서 너를 발견한 순간이 빗줄기와 함께 흩날린다 새벽에만 보이는 혀끝에서 붉은 바늘이 돋아난다

물집의 신진대사

　입술 주위에 좁쌀만 한 물집들이 돋아난다 투명한 물집 속에 눈 코 입이 없는 아주 작은 얼굴이 담겨 있다 톡톡 터지면서 번진다 바람이 불어도 사라지지 않는다 해가 비춰도 말라 죽지 않는다 골목이 잠기고 창문이 잠기고 돌아오던 시간이 잠긴 채 안으로 고이는 것들을 손톱으로 터뜨린다 살짝 얼었던 얼음이 갈라지는 소리가 난다 어디까지 잠길 수 있는지 오른쪽과 왼쪽에 빨간 불이 걸려 있다 옛날을 돌아다니는 불 스스로 익어 가는 희망 속에 매몰되어 간다 투명한 얼굴들이 쏟아진다 두 눈을 뜨고 얼음장 밑에서 노랗게 곪고 있다 밤이 오지 않는다 한 숟가락씩 떠서 삼킨다

잠시 해가 뜨고 문득 눈비가 오고

　스크린 속에서 웃음소리가 맴돈다 불타 버린 재가 날린다 출렁이는 물소리가 들린다 새들이 솟구친다 깃털이 안 보이는 새들이 화면을 찢고 날아다닌다 사흘 동안 일어나지 않고 뒹구는 아침이 보인다 약속을 지워 버리고 바닥에 무엇인가를 쓰고 있는 손가락이 보인다 웃음소리가 긴 손톱에 붙어 떨어지지 않는다 셔츠에 옮겨붙고 머리카락 속에서 우글거린다 모두 미쳐 가는 소리들 스크린을 맴돈다 하나의 얼굴에 여덟 개의 발목을 붙이고 안이 뜨거워진다 불이 붙는다 바람이 불탄다

침몰

열 개의 손톱 위로 해가 뜬다 열 개의 눈동자와 수많은
발가락을 붙이고 떠 있다 엄지손톱에서 마지막 손톱으로
왔다 갔다 서로 자리를 바꾼다 공벌레가 유리 벽을 기어
다니는 것 같다 움직일 때마다 발가락들이 떨어진다 떨어
진 자리에서 더 많은 발가락들이 돋아난다 갑자기 달려든
다 짐승처럼 울부짖다 솟구친다 끝없이 미끄러진다 다시
올라온다 눈동자마다 흰 사막이 달려 있다

늑대와 함께

    종이접기 교실에서 늑대를 만들었다 늑대 눈동자는 코발트색이다 꼬리가 작고 귀엽다 커피 자판기에 오백 원을 넣고 커피 한 잔을 뽑는다 늑대와 함께 커피를 들고 쌀쌀해지는 저녁을 어슬렁거린다 일찍 문을 닫은 구둣방을 지나 부연 김이 올라오는 떡볶이집 앞에 있는 신호등을 건너간다 한 뼘 남은 해가 높은 아파트 벽 뒤로 사라진다 늑대가 산길을 내려올 시간이다 나도 코발트 눈빛을 하고 흔들거리며 간다 영원히 오지 않는 길 꿈속에서 지워지고 눈을 뜨면 되살아나는 길을 찾는다 어둠 속에 떠 있거나 불빛과 함께 날아가는 길 살아남기 위해 멈춰 버린 길 지옥으로 가는 길 거기서도 살고 싶어 입안으로 스며드는 길을 향해 꼬리를 흔들며

세포분열

왼쪽 기둥 옆으로 옷들이 걸려 있다 여섯 살 아이 빨간
셔츠와 줄무늬 바지 위에 짧은 치마와 실크 블라우스가 있
고 후드티도 있다 그 위에 감색 점퍼와 할머니의 꽃무늬
몸뻬 바지도 얹혀 있다 천장에 매달린 노란 알전구 밑에
서 몸이 빠져나간 껍질들이 먼지에 쌓여 있다 불빛을 따
라 그림자가 움직인다

모래밭에 살과 껍질이 사라진 흰 뼈가 길게 누워 있다
눈동자가 빠져나간 구멍은 탁구공만 하다 입은 새의 부리
처럼 뾰족하다 머리 뒤부터 연결된 척추뼈들이 늘어져 있
다 뼈와 뼈를 잇는 매듭 사이에 희부연 빛이 번득인다 뭉
개진 꼬리가 가늘게 떨린다

언덕 위에 확성기가 꽂혀 있다 껍질이 벗겨지고 살이 찢
어지는 소리를 낸다 실크 블라우스가 구겨지던 순간을 빨
아들이며 식지 않은 시간을 부른다 썩지 않는 바람이 분
다 깊은 밤을 지나 긴 창자에서 밀려 나오는 소리 흰 뼈에
뚫린 구멍 속으로 흩어진다

현기증을 읽는 방식

　한 달 전 소장을 잘라 낸 적이 있다 잘려 나간 조각들이 자주 나타난다 푸른 잎들 사이에 멈춰 있다 오래 바라볼수록 늪으로 변한다 늪은 꿈속에서 봤던 얼굴이다 눈 코 입술이 뭉개져 가는 얼굴이다 아무것도 안 하고 시간을 죽이는 얼굴이다 뜨거워 만질 수 없는 것이 흐른다 팽창하여 터질 것 같은 소리를 누르고 발밑으로 흐르는 물을 밀어 올린다 기억할 수 없는 검정 눈을 붙이고 있다

박하

덕천사거리에서 좌회전 신호를 받는다 갑자기 뒤에서 빵빵거리는 소리 욕설을 퍼붓는 소리를 듣지 못한 채 아프리카를 본다 나의 아프리카는 옆자리에 앉아 있는 고양이 눈동자 안에서 끓고 있다 가르릉 소리를 내는 아프리카 날아가도 멀리 가지 못한다 불타 버린 나뭇가지에 걸려 계속 펄럭거린다 벽에 부딪혀도 부러지지 않는 아프리카에 모래알이 없다 언덕이 없다 눈발이 날리고 비가 쏟아진다 강풍에 돋아나는 날갯죽지가 있다 죽지 않고 잠들지 못한다 목젖 아래서 긴 꼬리부터 타는 냄새가 올라온다

사라지는 거울 속으로

  검정 우산이 날아온다 뼈가 부러진 우산이 바람에 밀려
온다 가오리 같은 몸을 펼치고 마른 나무들을 지나 골목에
늘어선 집들을 향해 날아온다 검정 우산 왼쪽이 찢어진다
새로운 몸으로 태어나고 싶어 우산대에 붙어 옥상으로 날
아온다 푸른 이끼가 덮여 있다 껍질이 사라지고 뼈만 남
은 우산대가 이끼 위에 눕는다 녹물이 반짝인다 증발되지
않는다 구석에 박혀 있는 한 조각 강물이 펄럭인다 지푸
라기를 달고 날아간다

개별적인 여름의 하루

　여름인데 흰 눈이 많이 와서 길이 막혀 있다 우리는 풀
밭을 지나 가까운 바다로 갔다 시간을 보내기 위해 바닷
가를 걸었다 바다는 물이 빠지고 있었다 검은 땅에 버려
진 가죽 혁대 구멍 속으로 물이 새어 나갔다 들어왔다 발
가락이 많은 게들이 혁대의 작은 구멍 안에서 눈만 내놓
고 있었다

　검은 땅의 중심이 어느 쪽으로 가고 있는지 길가에 줄
지어 있는 자동차들을 세워 보았다 선글라스를 쓰고 반질
거리는 작은 돌멩이도 주웠다 갑자기 죽음이 전염병이라
고 말하자 수많은 바닷새 울음소리가 앰뷸런스를 몰고 오
는 것 같았다 거품을 물고 있는 게들이 진흙 속으로 숨어
버렸다 왜 끝에서 벗어나고 싶은지 눈은 어디에서 시작되
었는지 질문이 많아질수록 갯벌에 길게 누워 있는 갈색 혁
대가 게들과 함께 검은 땅을 기어 다녔다 눈꺼풀 안으로
한 조각 거울이 밀려왔다

소심한 기계

뼈만 남은 겨울나무를 사진에 담는다 나무 꼭대기에 앉아 있는 새집도 찍고 찬물 속에 잠긴 청둥오리를 찍는다 렌즈 안으로 모래언덕이 흘러오는 것이 보인다 모래알 위에서 갈라지며 허옇게 탈색된 껍질이 약간 흔들린다 안에 붙어 있던 얇은 막이 찢어지고 없다 빙하는 왜 열심히 녹고 있을까 숙제가 밀려 있기 때문이야 갑자기 알 수 없는 소리가 들린다 순간 바늘처럼 뾰족해지는 소리로 변한다 혈관을 타고 돌아다닌다 왜, 무엇 때문에 심장박동이 빨라지는 것일까 잡히는 대로 소리를 집어던진다 빠르게 되돌아와 속삭인다 모래알은 약속이 아니야 가려움증이야 바닥을 끄는 쇠줄이야

사소한 눈 코 입

나의 눈 코 입은 한 개씩 동굴을 가지고 있다 눈 속 동굴과 콧속 동굴 입안의 동굴로 연결되는 통로를 가지고 있다 냄새를 맡지 못하는 코가 약간 기울어져 있다 기우는 콧대를 돌아가면 높은 벽이 있다 바닥이 없는 벽 검은 허공에 떠 있는 벽을 지나 두 개의 눈구멍으로 가는 통로와 입으로 내려가는 통로가 삼거리처럼 나 있다 출구가 어디인지 아침 소음이 쌓여 간다 수많은 자동차 소리 아이들이 자전거를 타고 등교하는 소리 건널목에서 교통정리 하는 소리 검정차가 건널목 흰 줄을 밟고 미끄러지는 소리가 가라앉길 기다린다 신호등 앞에 서 있는 남자가 보인다 누렇게 탈색된 낡은 점퍼를 입고 우산대를 짚고 서 있다 남자와 마주칠까 봐 친구 뒤에 숨어 있었다 나를 찾는지 남자가 두리번거리다 사라진다 아무것도 아니라고 변명하는 입과 무엇이 냄새인지 모른다는 콧속으로 들어가 본 적 없는 눈동자 목젖을 타고 올라오는 파도를 본다 부끄러움과 불안이 왜 함께 있는지 후회한다는 문자를 읽지 못한다

겨울이 끝나 갈 무렵

신호가 바뀐다 흰 차 검정 차 마을버스가 멈춘다 건널목 흰 줄 사이로 촛불이 켜져 있는 것 같다 촛불 사이를 걷는다 촛불 옆에 부엉이가 앉아 있다 그 옆에 수술대가 있고 끝이 날카로운 주사기가 놓여 있다 하나 둘 셋…… 마취하는 소리가 들린다 촛불이 늘어난다 수십 개의 촛불 속 심지는 캄캄하다 여러 겹 피부에 쌓여 있다 서서히 피부가 녹는다 신호가 깜박거린다 어둠이 삭제되지 않는다 밟고 있는 흰 줄이 흐른다

존재함이라는 의무

박동억(문학평론가)

1. 끝없는 복도

마음을 다하기 이전에 삶은 끝날 것이다. 고백을 다하기 전에 입술은 마를 것이고, 조금 더 멀리 나아가려 할 때 다리는 이미 지쳐 있을 것이다. 자신의 존재를 오롯이 자기 힘으로 행할 수 없다는 사실을 직감할 때 우리는 무엇인가를 탓하지 않고는 삶을 견딜 수 없다. 그리하여 어떤 이들은 세상의 불합리를 탓하고, 어떤 이들은 타인의 냉담을 원망한다. 한편 어떤 이들은 자신을 꾸짖는 쪽을 선택한다. 그렇게 아무것도 하지 못했다는 자책은 시작된다. 그의 목구멍이 그의 목소리를 죄어 온다. 그의 피부가 그의 존재를 창살처럼 가두는 듯하다. 삶은 언제나 마음보다 좁은 길이다. 자신을 되돌아보는 자에게 삶은 질식할 것 같은 복도다.

김해선 시인의 첫 시집 『중동 건설』(파란, 2021)과 이번 시집의 주제를 단 하나의 물음으로 환원할 수 있을지도 모른다. 죄어 오는 삶으로부터 한 발자국이라도 벗어날 수 있을 것인가. 그의 첫 시집을 떠올려 보자. 서시「너의 할머니 할아버지의 어머니 아버지가 살고 있는 이백 년 전 마을」은 자기 존재를 해방하기 위한 여정의 출발점을 그리는 듯한 인상을 남겼다. 이 작품은 "모퉁이"와 "테이블"이 놓인 사람의 마을을 향해 "안녕"이라는 인사를 던진 뒤 여러 동물과 동행하며 저 먼 숲속으로 향하는 장면을 그린다. '나'는 나무들의 것인지, 아니면 풍경 전체의 것인지 알 수 없는 "숨소리"를 들으며 그 "떨어지는 소리들"에 인도되듯 숲의 뿌리에 눈 돌린다. 그리고 뿌리까지 파 내려갈 때 발견할 수 있는 그곳을 "작은 바다"라고 부른다. 제목이 암시하듯 그것은 가족사를 되돌아보는 회상의 과정을 표현한 것일지도 모른다. 중요한 것은 심상의 전개 방식이다. 그가 한 걸음 나아갈 때마다 더 큰 공간과 마주한다는 것은 그 여정이 그를 좀 더 자유롭게 해 줄 것임을 암시한다. 길은 존재를 넓힌다. 그렇기에 우리의 존재를 한 뼘이라도 자유롭게 해 주는 모든 장소와 사건이 길일 수 있다. 『중동 건설』에는 동서양의 수많은 나라를 넘어서 우주의 행성까지 언급되고, 성경과 수많은 예술의 모티프가 인유된다. 이 모든 여행과 독서가 길이다. 존재의 오롯한 행진이다.

그러나 첫 시집의 풍부한 이미지와 별개로, 첫 시집의 진술들은 자꾸만 전진하는 데 실패하는 결말을 드러내곤 했다. 시인은 줄곧 낙담에 대해 고백한다. 고작 "나는 가재 알처럼 작아져서 수많은 나에게 다닥다닥 붙어 있다"라는 시구처럼, 웅크린 채 삶을 견디고 있다고 그는 말한다(「마리 이야기」). 그가 딛고 있는 대지는 실은 "들리지 않는 해변"이고(「세 번째 귀」), 그가 견디고 있는 삶은 "녹지 않는 무덤"이라고 말이다(「엔젤 게임」). 끝내 "나는 나를 쓸 수 없다"라고 그는 단언한다(「월요일:나 화요일:나 수요일:나 목요일:나」). 실은 첫 시집을 이루는 심상 상당수는 '실내에서' 바깥을 바라보는 듯한 시점으로 이루어져 있다. 예컨대 표제작 「중동 건설」은 내적 상상력으로('토마토를 반으로 가른 뒤 들여다보는 장면') 시작하여 또 다른 내적 상상력으로('벽지를 벗기는 장면') 귀결한다. 자기 존재와 주위를 '안에서' 바라볼 뿐 '바깥으로' 나아가는 데 실패한다는 것, 그러한 징후를 우리는 작품의 시점을 통해서도 유추할 수 있다. 결국 시인은 길을 모색하는 데 실패한 자의 목소리를 그리고 있다. 그것은 갈피를 잃은 손으로 수많은 장소와 사건을 쥐어 보지만, 마음의 중심을 소유하지 못한 자에게 그 모든 접촉의 광채가 무의미함을 깨닫게 만드는 과정이기도 했다.

결국 길은 끊어진다. 시인의 의식은 막다른 골목에 다다른다. 그의 존재는 끝없는 복도들, 무한한 실내 공간을 헤맬 뿐이다. 이러한 주제의식은 이번 시집에서도 지속하며, 오히려 첫 시집보다 더 뚜렷해졌다.

새우가 뛴다 촛농을 떨어뜨리며 수백 마리 새우가 뛴다
나뭇가지에서 솟구치는 파도를 움켜쥐고 뛴다 죽은 나무에서 미로가 왜 돋아나는지 손에 쥐고 있던 지도를 찢어 버리고 뛴다 빈 가지 끝에 매달려 사라지는 새우 사라지지 않은 새우가 뛴다 굽은 등을 밀어 올리며 폭풍을 폭동이라고 중얼거리며, 촛불 속에서 껍질이 살을 붙잡고 뛴다 공중을 매달고 있는 수많은 방 수많은 꿈이 뛴다

—「새우」전문

도약하는 존재의 자세를 "수백 마리 새우"에 빗대어 표현하는 이유는 무엇인가. 이러한 질문에 답하기 이전에 우선 시 전체를 음미해 보도록 하자. 이 작품은 "나뭇가지에서 솟구치는 파도"와 "폭풍"과 같은 자연의 역동성에 기대어 도약하는 자세를 그린다. 한편으로 "지도를 찢어 버리고" 만다거나 "폭풍을 폭동이라고 중얼거리"듯 도약하는 행위는 인위적 척도를 벗어나거나 제도를 거부하는 결과로 이어진다. 따라서 이 시에 표현된 도약의 높이는 인위적 세계에서 벗어나려는 소망과 동궤에 놓이는 것처럼 보인다. "뛴다"라는 술어를 반복함으로써 이 작품은 그러한 소망의 울림을 강화해 나간다.

그런데 시인이 꿈꾸는 것이 어떠한 전복의 순간이라면 왜 그러한 도약을 행하는 이를 작고 유약한 '새우'로 표현한 것일까. 시인은 "수백 마리 새우"가 함께 뛰어오르는 행위를 곧 '촛불'이 타오르는 수직적 높이와 포개어 놓는다. "촛농을 떨어뜨리며 수백 마리 새우가 뛴다"라는 낯선 문장 속에서 우리는 땀을 흘리듯 전력으로 뛰는 '새우'를 연상하는

동시에 이 문장이 촛불집회에 대한 알레고리가 아닌지 추측하기도 해 본다. 확신할 필요는 없다. 다만 명백한 것은 시인이 자신을 내던지는 어떤 존재를 '새우'라고 표현했다는 바다. 그러나 '새우'의 도약이 폭동이 될 수 있을까. 그 작은 몸으로 세상을 얼마나 벗어날 수 있을까. 이러한 물음을 가지기 때문에 "촛불 속에서 껍질이 살을 붙잡고 뛴다"라는 문장에서 우리는 희망뿐만 아니라 시련 또한 확인한다. 껍질을 짊어진 살, 껍질을 붙잡고 뛸 수밖에 없는 살이 있다.

어쩌면 시인은 현실에 응전하는 존재를 그렇게 느꼈을지도 모른다. 갑각류의 존재에게 껍질은 자신의 한계다. 그 견고한 피부는 살과 근육이 지닌 탄력을 제한한다. 이러한 사실을 떠올릴 때 우리는 "공중을 매달고 있는 수많은 방 수많은 꿈이 뛴다"라는 마지막 문장에 대해서 곱씹어 보게 된다. 표면상 이것은 더 높이 솟아오를 우리의 미래를 노래하는 듯 보인다. 하지만 우리는 계속해서 '뛴다'라는 서술어를 반복할 수밖에 없었던 시인의 마음에 대해서, 차마 '날아오르는' 순간에 대해서는 기록하지 못한 시인의 손끝에 대해서도 상상해 보아야 한다.

2. 고통의 와중에서

과연 김해선 시인은 '공중을 매단 수많은 꿈'을 노래하면서 그 '공중'까지 '새우'가 닿을 수 있다고 믿었을까. 우리가 음미해야 할 이율배반은 다음과 같다. 어떠한 사람도 계속해서 '뛰어야' 한다는 사실을, 그렇게 끝없이 시련을 견뎌야 한다는 사실을 견딜 수 없다. 그래서 사람은 자신을 속여야 한다. 구원이 있으리라고 믿어야 한다. 그렇게 예술가는 자신의 힘으로 자신을 속이는 데 능숙한 자다. 얼마든지 예술가는 현실에 없는 희망을 아름답게 꾸며 낼 수 있다. 그러나 동시에 예술 또한 예술가를 속인다. 예술 작품은 그 필적 속에 예술가가 감추고 싶었을, 아니 어쩌면 더욱더 고백하고 싶었을 여실한 마음을 누설한다. 그리고 예술가와 예술 작품이 서로 속이는 미로 속에서 미학은 탄생한다.

이 시집에서 '나'의 존재는 항상 이율배반적인 것으로 감각된다. 시 「입덧 쌓기」에서 "나는 나의 살과 피를 토해 내지 않는다"라고 말한다. 마치 육체에 대하여 '살과 피'가 대립하는 타자인 양 표현하고 있는 셈이다. 또한 '입덧'이라는 제목이 암시하듯 마치 '나'의 내부 안에서 태어나야 할 소중한 무엇이 감춰져 있음을 뜻한다. 또한 「살짝 지워 줘」에서는 "하루는 지치고 하루는 일어나는 오후 마취에서 풀리지 않는다"라고 쓴다. 이러한 시구들은 자신의 의지대로 행동할 수 없는 상태에 놓여 있다는 사실을 의미한다. 그리고 우리는 이러한 징후들을 현실의 '나'와 감춰진 욕망 사이의 갈등으로 포괄하여 이해해 볼 수 있다. 그런데 우리가 세심하게 살펴야 할 것은 이러한 분열을 증언하는 화자의 어조이다.

어둠을 뚫고 새벽빛이 밝아진다 프라하성 뒤로 뻗어 있

는 작은 샛길을 비춘다 성벽에 기대어 웃고 있는 모습이 춥다 서서히 안개 속으로 숨어 버린다 누구일까 나의 왼쪽 가슴속에 살고 있는 너일까 내 뒤를 밟고 있는 익명의 얼굴일까 어깨 위에 먼지처럼 내려앉아 나의 말투와 표정까지 흉내 내고 있는 그가 누구인지

코끼리신, 개미신, 병아리신, 아카시아 뿌리신…… 수많은 인도의 신처럼 안개 속에서 보였다 안 보였다 사라지지 않는다 일 분 전의 나 일 분 후의 나 한낮의 나 한밤중의 나 같기도 하고 불투명한 창에 두 눈을 붙이고 나를 들여다보던 눈동자, 무엇 때문에 내가 밥을 먹고 샤워하고 외출해서 사람들을 만나는 것까지 체크하는 걸까 왜 미워하고 질투하는 감정까지 알아내서 나 아닌 나로 살아가는 걸까

오래된 성벽 뒤에서 웃고 있는 얼굴이 엄지손톱만 하다 점점 커진다 순간 약해지거나 죽어 갈 때 입을 열어 보라고 목소리를 낸다 누구인데 알 수 없는 말을 하고 나의 눈에서 말라비틀어진 나를 끄집어내어 분열되는 나를 보게 하는 것일까 인도 캘커타역에서 만난 검은 얼굴인지 스스로를 끌어안고 살아가는 보이지 않는 너 같은 또 다른 너인지 사라진 새벽을 붙잡고 자다 깨다 반복하게 한다

—「나의 해적」 전문

프라하성의 새벽과 작은 샛길 속에서 '내'가 발견하고자

했던 것은 무엇인가. 여행을 떠나는 자는 잠시나마 정들고 익숙한 모든 것들을 잊기 위해서 떠난다. 하지만 생경한 여행지에서도 "나의 왼쪽 가슴속에 살고 있는 너"를 떠올릴 수밖에 없는 순간이 있다. 멀리 떠나서야 가슴에 맺힌 것이 무엇인지 우리는 깨닫는다. 그렇다면 '너'는 누구인가. 그 그리움의 대상이 "나의 말투와 표정까지 흉내 내고 있는 그"라고 시인이 말할 때 우리는 '그'가 곧 시인이 그리워하는 타인이 아닌지 추측하게 된다.

그렇지만 이윽고 인도에 대한 연상으로 이행하면서 우리는 어쩌면 '네'가 곧 '나'를 의미하는 것임을 깨닫게 된다. 일분마다 '나'를 들여다보고, 모든 행동을 체크할 수 있을 뿐 아니라 '나'의 감정까지 모두 확인할 수 있는 것은 오직 자신뿐이기 때문이다. 그렇다면 '나'는 왜 두 명의 사람인 양 고백되는가. "나 아닌 나로 살아가는 걸까"라는 물음 속에서 우리는 확인한다. 그저 살아갈 뿐인 '나'와 그 내부에서 자기 눈동자를 마주하고 추궁하는 '내'가 있으며 왜 진심으로 살아가지 못하냐고 되묻는 목소리가 있음을 말이다.

"누구인데 알 수 없는 말을 하고 나의 눈에서 말라비틀어진 나를 끄집어내어 분열되는 나를 보게 하는 것일까"라는 물음을 통해 우리는 '분열된 나'에 대한 자기 진단을 확인한다. 물론 그러한 진술이 없더라도 이 작품에서 분열을 표현하는 미적 표현은 폭넓게 배치되어 있다. 프라하성과 캘커타역이라는 생경한 두 장소를 포개어 놓는다는 것 역시 의식의 분열을 암시하는 장치가 된다. 또한 인도의 다신

론에 빗대어 '나'의 분열을 병치은유 한다는 점은 뚜렷하다. 그런데 여기서 우리는 분열만이 고백될 뿐 분열의 원인에 대해서는 드러나지 않는다는 사실 또한 알 수 있다. '나'는 어떤 의미로 가슴속에 꿈틀거리는 '나의 욕망'과 마주하고 있다. 그리고 그는 그 욕망을 마치 타자인 양 '누구인지' 묻는다. 왜 그렇게 자신이 분열된 상태로 살아가는지 스스로 알지 못한 채 반문을 던질 뿐이다.

따라서 엄밀한 의미에서 이 작품은 헤매는 자의 목소리로 쓰인 것이다. 자신의 분열을 감각하면서도, 그 분열의 원인이 무엇인지, 무엇을 행할 때 그 분열이 해소될 수 있는지 '나'는 알지 못한다. 그 어떤 것도 제대로 진단하지 못하는 자의 방백이 곧 이 시의 어조이다. 고통받는 자는 통증의 위치에 대해서만 알 뿐 그 원인이 무엇인지 모른다. '나'는 다만 고통의 원인이 '나'라고 말할 수 있을 뿐이다. 그러나 그 갈증이 그가 머무는 캘커타역에서 해방될 수 있는 것인지, 아니면 집으로 되돌아갈 때 극복할 수 있는 것인지조차 그는 모른다. 그래서 그는 헤맬 뿐이다. 그의 의식은 이국에서, 또 다른 이국에 대한 연상으로 이어진다. 김해선 시인의 시를 이루는 풍부하고 비약적인 이미지들은 답을 찾아 헤매는 흔적이다.

근본적으로 되묻도록 하자. 이 작품에 표현된 분열은 징후인가. 사실 한 사람을 진단한다는 행위는 단지 그가 겪는 병명과 고통을 확인한다는 의미가 아니다. 가족과 함께하고 타인을 위해 노동하는 삶이 건강의 기준이 될 때만 그것을 상실한 상태가 중대한 '병'으로 인식되고 치유의 대상이 된다. 반면 애초에 돌아갈 곳이 없는 마음에 병이란 무엇인가. 자신이 되돌아가야 하는 건강한 마음과 건강한 관계가 무엇인지 알지 못하는 자에게 병은 존재하는가. 따라서 이 시의 분열은 분열증이라는 진단으로 환원될 수 있는 것이 아니다. 이 작품이 앓고 있는 것은 존재의 결여이고, 우리가 왜 살아가야 하는지에 대한 최초의 물음으로 되돌아가는 순간이다.

3. 존재 – 없음이라는 징후

김해선 시인의 시집에서 고백하는 근본적인 징후는 사실 분열이 아니라 존재의 결여이다. 존재–없음이란 지금–여기에 내가 존재해야 하는 이유에 대한 확신을 상실했다는 것을 뜻한다. 마땅히 존재–없음은 불안을 초래하기 마련이다. 불안에 사로잡히는 순간 '나'는 어디에도 어디에서도 오롯한 '나'일 수 없음에 대한 위태로움을 감각한다. 우리는 이 시집 곳곳에서 고백되는 불안을 확인한다. "나뭇잎 구르는 소리에도 귀를 막는다"라는 시구에서 우리는 그 어떤 목소리에도 응답할 수 없는 위태로운 몸을 확인한다(「시고 덜 익은 푸른 사과」). "오른쪽을 밟으면 안개에 싸여 있는 바닷속으로 끌려갈 것 같고 왼쪽을 밟으면 알 수 없는 구덩이에 던져질 것 같다"라는 시구에서 발을 내딛는 것조차 두려운 일이 될 수 있음을 확인한다(「샌드위치」).

그렇게 '나'의 몸을 다루는 일조차 '나'에게는 힘겹다. "입을 여는 순간 무너질 것 같아 움직이지 않는다"라고 그는 쓴다(「사라지는 피부 말을 배우는 피부」). 마치 그는 그의 존재에게 쫓기듯 살아간다. 애초에 그의 불안은 세상과 타인을 통해서 해소될 수 없는 것이다. "언제부터 존재했는지 잃어버린 질문을 안고 보이지 않는 소리가 온다"라고 진술할 때 그 목소리는 그의 내부에서 오는 것이다(「끊어지거나 이어지거나」). 그러나 그는 자신이 무엇이라고 대답해야 하는지 모른다. 대답하지 못하는 시간이 길어질수록 그가 왜 이 세상과 관계하며 살아가야 하는지도 알 수 없을 것이다. 그는 "이곳의 세계가 무엇인지 되물으며 돌아다닌다"(「다이버」). 「다이버」라는 시의 제목처럼, 그에게 살아간다는 것은 그를 밀어내는 부력을 느끼며 헤엄치는 상태와 같다.

그리하여 "지겹게 나는 살아난다"라고까지 그는 쓴다(「고요하고 격렬한 배회」). 배회하거나 어슬렁거리는 존재처럼, 아니 어쩌면 이미 죽어 버린 것처럼 그는 살아간다. "방을 매달고 죽은 너야 죽었던 너야 히히거리며 간다"라고 유령처럼 말하는 '내'가 있고 "오래전에 죽은 네가 이 방에 와서 새살림을 하는 방"이 있다(「이기적인 바퀴의 탐사」). 차츰 이 시의 모든 얼굴들은 유령과 같은 것으로 변해 간다. 식탁에서 "돌 속에 수백 년 묻혀 있다 깨어난 얼굴"을 발견한다(「작은 오아시스」). 버스 정류소에는 "아무것도 안 하고 앉아 있는 그림자"가 있을 뿐이다(「잠깐 볼 수 있는」).

꽃무늬 원피스를 입고 있는 아이와 마주친다 우리는 서

로 알아들을 수 없는 말을 한다 시간이 늘어나는 곳이 휴게
소야 어디에도 없는 유령들이 망사 드레스를 입고 서로에게
쌓인 감정을 던지는 곳이야 오래전 공동묘지였다 휴게소로
변한 이곳에서 갑자기 죽어 버린 나를 만났다고 아이가 고
백한다 늦은 밤에도 해가 높이 떠 있는 곳 얼음 조각들이 녹
지 않는 곳에서 반은 사라지고 반은 잠들어 있는 내가 쌓여
간다 갈 수 없고 멈출 수 없는 곳에서 망사 드레스를 입고
춤을 추는 나는 이상한 소리를 내는 동물처럼 등이 구부러
져 간다 이야기가 끝나기 전 무거운 눈꺼풀 속에서 이파리
속으로 옮겨 간다

―「온도를 높이며」 부분

시인에게 말의 교환이란 무엇인가. 「온도를 높이며」에는
'유령들이 모여드는 휴게소'라는 상상의 공간이 제시된다.
그곳에서 아이와 '나'는 "서로 알아들을 수 없는 말"을 던지
고 있을 뿐이다. 따라서 그곳이 "서로에게 쌓인 감정을 던
지는 곳"이라고 이름 붙여졌음에도 우리는 근본적으로 '휴
게소'가 독백의 장소임을 깨닫는다. 그곳에 모여든 '유령들'
은 녹지 않는 얼음 조각들의 한기를 함께 견디지 않을 것이
고, 가슴속의 웅성거리는 이야기를 함께 나누지 못할 것이
다. "망사 드레스를 입고 춤을 추는" '나'의 몸짓은 타인을
향한 관능적 매혹을 예비하는 듯하지만 우리는 그것이 어
떤 대면이나 대화로 이어지지 않을 것 또한 예감한다. '나'
는 다만 "동물처럼 등이 구부러져" 갈 뿐이고, 누군가의 이

야기인지 모를 소리가 끝맺기 이전에 '나'는 무거운 눈꺼풀을 견디지 못할 것이다.

자신을 바로 세우지 못하는 자가 타인에게 눈 돌릴 여력을 갖기 어려운 일이다. 이 작품의 '유령'은 단지 죽은 이들에 대한 표현으로 읽히지 않는다. 근본적으로 그것은 타인에게 관심을 확장할 수 없는 '나'에 대한 이야기이고, 따라서 '유령'이란 어쩌면 '나'에게 '사람'으로 의미화하지 않는 타인들에 대한 이야기로도 읽힌다. 이 시집에서 타인과 관계할 여력을 잃어버린 존재의 자세는 얼마든지 찾을 수 있다. 「다뉴세문경」에서 "그 집에서 태어나서 죽고 태어나기를 반복하는 남자 혼자 신부가 되고 신랑이 된다"라는 시구처럼 극적인 사건을 그릴 때도 그렇고, 「뜨거운 잠」에서 "잠이 쌓이고 무너진다 끝이 보이지 않는다"라는 시구처럼 단순한 피로를 표현할 때도 그렇다. 이처럼 자기 존재에 대한 상실은 타인과 관계하는 육체의 무력감으로도 표현된다. 김해선 시인의 시선이 풍경으로 향하고 있을지라도 근본적으로 그것은 자기 존재가 앓는 아픔에 대한 내향적 고백인 것이다.

4. 미적인 응전

지금까지 살펴본 바에 기대어 비로소 우리는 하나의 미적인 질문에 도달할 수 있다. 존재 상실을 앓는 것과 존재 상실을 시화(詩化)하는 것, 이 두 가지는 같은 일인가. 쓴다는 것은 무엇인가. 쓰는 자가 자신을 내던지고 있는 미적인 영역이란 무엇인가. 고백하려는 힘과 감추려는 힘 사이에서 그가 전시하는 헤맴이란, 그리고 그러한 헤맴을 스스로 관조한 뒤에 탄생하는 미적인 의식이란 무엇인가. 이를테면 김해선 시인은 명백히 '나'의 존재를 비유하고 있는 듯한 「나의 연」이라는 작품에서 연을 날리는 모습을 그린다. 그리고 이렇게 써 본다. "실패를 놓치지 않는다". 여기서 '실패'는 연의 높이를 조절하기 위한 손잡이를 가리키는 동시에 자신이 삶에서 겪은 실패를 중의적으로 가리키는 듯하다. 한편 이 작품에서 시인은 팽팽하게 당겨진 연줄의 긴장보다 '실패'를 다루는 자신의 손짓을 치밀하게 묘사한다. 그리고 앞서 우리가 살펴보았던 이율배반을 이러한 동음이의어에서도 확인할 수 있다. 고통은 입에 담기엔 두려운 것이면서 마음에 담기엔 견딜 수 없는 것이다. 마찬가지로 '실패'의 동음이의어는 실패의 경험을 곧 감추는 동시에 고백하기를 원하는 마음의 이율배반을 드러낸다.

　미적인 것은 온몸으로 헤맨 이후에 온다. 시를 쓰면서 시인은 무엇에 도달하는가. 그는 마음의 이율배반을 시로 옮겨 적은 이후 존재 상실의 징후를 '앓는' 위치가 아니라 '쓰는' 위치에 선다. 마찬가지로 「나의 연」에서 '나'는 '실패'라는 동음이의어로 유희하며 '실패를 겪는' 위치가 아니라 "실패를 놓치지 않는" 위치에 자신을 옮겨 놓을 수 있다. 따라서 미적인 것은 자기 한계와 상실, 스스로 감당해야 할 고통을 적나라하게 드러낼수록, 더 정확하게 말하면 그 고통 앞에서 머뭇거리고 도망치는 자신까지 적나라하게 기록할수록 더욱 큰 울림을 지니게 된다. 우리가 미적인 것을 통해 확인하는 것은 한 존재가 자기 존재의 밑바닥까지 들여다보려는, 그렇게 능동적으로 좌절하려는 모순이기 때문이다.

껍질을 끌고 내려가는 골짜기가 깊다 살이 썩어도 심장이 살아 있다고 믿으며 죽어도 죽지 않은 것은 무엇일까 어디까지 내려가야 마지막을 만날 수 있는지 얼마를 지불해야 하는지 날갯죽지를 흔들며 날아가는 꿈을 꾸고 있다 뜨거운 해와 얼음 조각을 섞는다 소리 없이 등이 익어 간다 기어 다니는 벌레가 입속으로 들어온다
　　　　　　　　　—「지나치게 지나치지 않은 방식으로」 부분

골짜기 아래로 향하는 그의 걸음은 실은 자신의 존재를 밑바닥까지 감당하려는 시도와 다르지 않다. 그는 견디며 간다. "껍질"에 갇힌 채, 그것을 짊어지는 몸으로 간다. "살이 썩어도" 자신이 살아 있다고 속이며 간다. 그렇게 자신을 운구하듯 삶을 살아 내는 사람이 있다. 어디서 그러한 삶이 끝날지 모르는 자의 반문 또한 우리는 확인한다. 그의 입을 맴도는 것은 절망의 노래이다. 그의 사방을 감싸는 것은 "뜨거운 해와 얼음 조각"으로 이루어진 작열통과 오한의 세계이다. 그 풍경 속에서 존재의 덧없음과 고통을 짊어지는 그의 뒷모습만이 문드러지듯 "익어 간다"라고 시인은 쓴다. 그리하여 "기어 다니는 벌레가 입속으로 들어온다"라는 마지막 문장을 기록했을 때, 그것은 자기 존재를 벌레 먹은

열매처럼 감각한다는 사실을 의미한다.

그러나 이 마지막 문장은 또 다른 사실을 암시하고 있다. 그는 끝내 삼켜 낼 것이다. 다시 말해 이 작품은 자기 앞에 주어진 시련을 회피하지 않는다. 골짜기를 내려가듯 자신의 절망과 밑바닥을 직시하며, 끝내 벌레를 삼키듯 그 모든 것을 살아 내리라는 각오 또한 이 자세는 말하고 있다. 그렇게 자신의 절망을 미리 기록해 보는 시인의 손끝이 있다. 시의 제목처럼 "지나치게 지나치지 않은 방식으로" 자기 삶과 마주할 것을 그는 담담히 표현하고 있다. 이처럼 시인에게는 자신의 바닥조차 그가 탐구할 수 있는 심연이 되는지도 모른다.

시 「아름다운 손」에서 그가 '아름답다'라고 표현하는 것은 바로 그러한 각오이다. "아름다운 손"이란 무엇인가. "형체도 없이 사라진 몸의 기억을 밀며 웅크리는 몸뚱이를 만지며 뻗어 간다"라고 시인은 쓴다. 문드러지는 자신의 존재를 '만지며 뻗어 가는' 두 손이야말로 김해선 시인의 미적 상징이 아닐까. 그것은 다음을 표현하는 듯하다. 자신을 오롯이 견디는 한 존재는 아름답다. 시 「늑대와 함께」에서 그는 "지옥으로 가는 길 거기서도 살고 싶어 입안으로 스며드는 길을 향해 꼬리를 흔들며"라고 말한다. 여기서도 우리는 그가 '지옥' 같은 삶 또한 기꺼이 삼키는 것을 확인한다. 더나아가 야성을 잃고 꼬리를 흔드는 순응의 자세를 취할지라도 살겠다고 말하는 것을 확인한다.

살아 낸다는 것, 그것은 그 모든 사회적이고 인간적인 책

무보다 앞서 있는 의무일지도 모른다. 김해선 시인의 시집이 매번 '존재하는' 의무로 되돌아온다는 것은, 그에게 타인을 위한 노동이나 사회적 책무보다 존재함 자체가 가장 아픈 것임을 암시한다. 그런데도 김해선 시인의 시집을 마지막 페이지까지 읽어 가며 묻는다. 그렇게 살아 낸 우리의 존재란 무엇인가. 삶 앞에서 쓴다는 응전이란 무엇인가. 주어진 자기 존재를 한 뼘이라도 벗어날 수 있다는 믿음이야말로 예술가의 손끝을 움직이는 힘이 아닌가. 어쩌면 그의 시집, 이전의 『중동 건설』과 이번 시집에 이르기까지 그는 자신의 두 손을 충분히 믿지 않았을지도 모른다. 다만 우리는 어떤 태동을 확인할 뿐이다. 시집의 후반부에서 우리는 "새로운 몸으로 태어나고 싶어"라는 문장이나(「사라지는 거울 속으로」) "서서히 피부가 녹는다"라는 문장을 만나게 된다(「겨울이 끝나 갈 무렵」). 그로부터 우리는 깨어나는 시적인 몸을 예감한다. 삶 이후의 삶까지 모두 견딘 뒤 길어 올린 이후의 문장을 기다리게 된다.